Sophia and Alex
Shop for Groceries
Sophia et Alex
Font les Courses

By Denise Bourgeois-Vance

Illustrated by Damon Danielson

Children Bilingual Books

Book 8 of 10 from the "Sophia and Alex" Series

"Reality leaves a lot to the imagination."
– John Lennon

Published 2020 by Advance Books LLC Renton, WA
Printed in the United States of America

Library of Congress Control Number: 2020910993
ISBN: 978-1-952983-34-4

Sophia and Alex Shop for Groceries
Summary: Sophia and Alex explore their imaginations at the grocery store.

Address all inquiries to:
Advance Book LLC
info@childrenbilingualbooks.com
For book orders visit: childrenbilingualbooks.com

English copy editing by Jen Lyons
French translation by Mounia Bensouda

"Who wants to go grocery shopping?" asks Mom.
"I do, I do!" says Alex.
"Can Annie come too?" Sophia asks.
"Of course!" replies Mom.

« Qui veut faire les courses ? », Demande maman.
« Moi, moi ! », Dit Alex.
« Est-ce que Annie peut venir aussi ? », Demande Sophia.
« Bien sûr ! », Répond maman.

Mom always brings bags to the store to carry the groceries home. She says she likes to reuse bags whenever she can.

Maman utilise toujours des sacs pour ramener les courses à la maison. Elle dit qu'elle aime bien réutiliser les sacs chaque fois qu'elle le peut.

Annie sits in her car seat. Everyone wears seatbelts.

Annie est assise dans son siège d'auto. Tout le monde porte sa ceinture de sécurité.

Because Annie is the youngest, she sits in the shopping cart. She is too young to walk next to Alex and Sophia.

Parce qu'Annie est la plus jeune, elle est assise dans le chariot. Elle est trop jeune pour marcher à côté d'Alex et Sophia.

Mom fills the cart with food from the shelves as they walk down the aisles. Today, they will shop for all kinds of food.

Maman remplit le chariot de nourriture qu'elle prends sur les rayons pendant qu'ils marchent dans les allées. Aujourd'hui, ils achèteront toutes sortes de nourriture.

At the meat counter, they see hamburger, pork chops, fish, and chicken.
"I like hot dogs!" exclaims Alex.
"I love fish sticks," adds Sophia.

Au comptoir des viandes, ils voient du hamburger, des côtelettes de porc, du poisson et du poulet.
« J'aime les hot-dogs ! », S'exclame Alex.
« J'adore les bâtonnets de poisson », ajoute Sophia.

Fish comes from the ocean. Beef comes from cows. Some families don't eat meat at all. Moms and dads know what is best for their children.

Le poisson vient de l'océan. Le bœuf provient de vaches. Certaines familles ne mangent pas du tout de viande. Les mamans et les papas savent ce qui est le mieux pour leurs enfants.

In the bakery, Alex spots pink-frosted cupcakes. "Can we buy these?" Alex pleads with his mother.

Au rayon boulangerie, Alex aperçoit des petits g âteaux givrés de sucre rose. « Pouvons-nous les acheter ? » Supplie Alex.

"We will have these after supper tonight," replies Mom.

« Nous les mangerons ce soir après le souper », répond maman.

Sophia and Alex's favorite part of the store is the cereal aisle.
"I want stars and marshmallows," says Alex.
"I like the big purple box," adds Sophia.

L'endroit du magasin préféré de Sophia et Alex c'est le rayon des céréales. « Je veux des étoiles et des guimauves », dit Alex.
« J'aime la grosse boîte violet », ajoute Sophia.

"This week Sophia can choose," begins Mom. "Next week, it's your turn, Alex."

« Cette semaine, c'est Sophia qui choisit », commence maman. « La semaine prochaine, ce sera ton tour Alex. »

"Can we get grapes this week?" asks Sophia.
"Well, how about some of these beautiful yellow bananas instead?" replies Mom.

« Pouvons-nous prendre des raisins cette semaine ? », Demande Sophia.
« Et si on prenait ces belles bananes bien jaunes à la place ? », Répond maman.

49¢
~~69¢~~

"Can I eat one now?" asks Sophia.
"Not until we pay for them," her mother reminds her.

« Puis-je en manger une maintenant ? »,
Demande Sophia.
« Pas avant les avoir payées », lui rappelle
sa mère.

Mom puts one, two, three bags of apples in the basket. "An apple a day keeps the doctor away," chants Mom. Sophia imagines herself feeding an apple to a horse.

Maman met un, deux, trois sacs de pommes dans le panier. « Une pomme par jour éloigne le médecin pour toujours », chante maman. Sophia s'imagine en train de donner une pomme à un cheval.

Broccoli is good for young bodies. Alex likes to pretend he is a tall dinosaur chomping on trees when he eats broccoli.

Le brocoli c'est bon pour le corps des enfants. Alex aime prétendre qu'il est un grand dinosaure rongeant des arbres quand il mange du brocoli.

"Eating carrots is good for our eyes," says Mom.
"Let's pretend we're rabbits when we eat carrots," suggests Sophia.
Alex giggles in agreement.

« Manger des carottes c'est bon pour les yeux », explique maman.
« Imaginons que nous sommes des lapins qui mangent des carottes »,
propose Sophia. Alex se met à rire, l'idée lui plait bien.

"Dad and Noah love baked beans," says Mom, handing the cans to Alex and Sophia.

« Papa et Noah adorent les haricots », dit maman en donnant les boîtes à Alex et Sophia.

"Why is some food kept in refrigerators?" asks Sophia.
"Because cold items need to stay cold," answers Mom.
"Just like polar bears at the North Pole," adds Alex.

« Pourquoi certains aliments sont-ils conservés dans le réfrigérateur ?
», Demande Sophia.
« Parce que les aliments froids doivent rester froids », répond
maman.
« Tout comme les ours polaires au pôle Nord », ajoute Alex.

"How about these frozen raspberries?" asks Mom. Sophia's hands are so cold she imagines she's building an igloo.

« Et si on prenait des framboises surgelées ? », Demande maman. Les mains de Sophie sont si froides qu'elle s'imagine construire un igloo.

Once all the food is chosen, it's time to check out.

Une fois tous les aliments choisis, il est temps de passer à la caisse.

Sophia and Alex take turns placing items onto the rolling belt. Annie sometimes adds an item without anyone noticing.

A tour de rôle, Sophia et Alex placent les produits sur le tapis roulant. De temps en temps Annie en ajoute quelques uns sans que personne ne s'en aperçoive.

The clerk talks and smiles as he scans each item and places it in one of Mom's green grocery bags.

L'employé parle et sourit en scannant les articles, qu'il place ensuite dans l'un des sacs vert de maman.

"Will that be all today?" he asks.
"Yes, thank you," says Mom as she hands him money.

« Est-ce que ce sera tout pour aujourd'hui ? », Demande-t-il. « Oui, merci », dit maman en lui donnant de l'argen.

Mom pushes the cart full of grocery bags to the car. They must arrive home before the food gets warm and spoils.

Maman pousse le chariot plein de sacs vers la voiture. Ils doivent arriver à la maison avant que la nourriture se réchauffe et se gâte.

After they get home, everyone helps to bring the groceries into the house from the car.

Une fois rentrés à la maison, tout le monde aide à porter les sacs dans la maison.

Elsa smells the fish and sticks her head in one of the bags to take a peek.

Elsa sent le poisson et enfonce sa tête dans l'un des sacs pour jeter un coup d'œil.

"You get your little head out of that bag," Mom scolds Elsa. "Your food is in your bowl."

« Sors ta petite tête de ce sac tout de suite », lui dit maman. « Ta nourriture est dans ton bol. »

Once all the food is put way, Mom gives Sophia and Alex each a beautiful yellow banana.

Une fois toute la nourriture rangée, maman donne à Sophia et Alex une belle banane jaune.

"Look," says Alex, "I'm a monkey eating a banana." Sophia laughs.

« Regarde, » dit Alex, « Je suis un singe mangeant une banane. » Sophia
éclate de rire.

"What's to eat?" asks Dad as he walks into the kitchen.
Mom throws him a banana.

« Qu'est-ce qu'il y à manger ? », Demande papa en entrant dans la cuisine.
Maman lui jette une banane.

Lightning Source UK Ltd.
Milton Keynes UK
UKHW051610120720
366335UK00003B/52

9 781952 983344